歌集

cineres

真中朋久

六花書林

cineres　＊　目次

2014―2015年

２０１８年

cineres（シネレス）

装幀　真田幸治

2014—2015年

さざなみ

朝靄のまぶしき坂をおりてゆくひとつひとつがくらやみの器

みどり濃くなるのは暗くなることと言ひて何の含意もあらず

水の辺に立つたまま食ふにぎりめし手についためしつぶをつまんで

くすのきの並木ゆりのきの並木かぞへるとなく走り過ぎたり

たまにここに落ちて死ぬひとがゐるのだと翳深き流路を見せながら言ふ

こはがつてゐるんでせうといふひとよ　その手で殺したことはあるか

ゆびさきにちからをいれてねぢ切つた感触を思ひ出してはならぬ

知らなければそれでよいこと獣毛のセーターを燃やすけむりのにほひ

枇杷の木の葉が触れてゐし窓の音曇りガラスを搔く小さき音

結氷も夏の減水も知らざれど折々に来て覗く池水

秋の池に漲る夜の雨のこと語らむとしてひとは遠しも

おもちのやうでせうといひてさはらせてくれたりよるのあけきらぬころ

言葉おろそかにするはたましひを損なふといひて矯めすぎのひとよ

諧謔は矢になり得るか　すいめんを盛り上げてくろき魚があつまる

表現などうでもよし　と言ひながら慎重に致死量を量れる

歌に賭けたるにあらず縋りしにもあらずまして殉《したが》はず

さざなみをたててゐる川　水面をまぶしみにつつ渡り終へたり

百葉箱

百葉箱のなかに住みたし。するすると縄梯子など上げ下ろしして
死ななければ添へぬふたりにあらなくに　このまま跳ばうか　と言ひたる

小さきものたちがひだまりにひろげたる布切れもおほかたは乾きぬ

たのしかつたんでせうと訊かれて言ひよどむ灰をかきまはすやうな日のはて

手のなかにあたためてゐるマグカップ　冷ましてゐるの　と言ひたり

たてなほしたてなほしつつわたりゆく風あらき日の棚なし小舟

肩と肩ふれつつ歩むのみに足る十代の頃の恋　ではなくて

寒き日は百葉箱のうちがはにテントを張つてもぐる寝袋

水無瀬

言急《ことせ》きてわたりし橋のことを言ふどの橋であつたかみづ薄き川

くすのきの枝はらはれておほぞらの滅私と思ふまでにまばゆし

奉公のはてにわたくしを失ひしにあらずただにおのれ殺しき

くらぐらと版木は残り百枚の御神籤に大凶はあらずも

御神籤のがんざんだいしつのだいし見料は千円也といふとか

火を使ふこと難ければ文化財の茶室にながく茶を点てるなし

後鳥羽院の挙兵のごときくはだてに名をつらねよと言ふかあなたは

江戸初期の天皇の立場を思ひつつペットボトルの茶をふくみたり

再建の忍苦といふにあらねども焦ってことがすすむことなし

しづかなる宮の庭なりと思ふときひゅんひゅんと新幹線がよぎれる

Musth

発情期といふのとは、ちよつと違ふらしい。

けふわれはMusthなるゆゑ誰もたれもちかづくな声をかけるな

ぶんぶんと鼻ふりまはしゐることも遠目には機嫌よしと言はれつ

かはいさうなひとと言はれて底が抜ける　はじめから無かつた底が

孔雀飼ひならすことなどあらざらむ夜の窓にうつる影ひとつのみ

1948（推定）—2014

春子死んで死んだ春子の夢を見る夢のなかなるわれは何もの

鳥目

たましひとことばはひとつのものなるをコトバ派といふ分類あはれ

鉢の木の枝にあそべる雀らになにがありしか　屋根越えて去る

形象として比喩として選びたる道はじめから躓きしのみ

味噌蔵のやうなところにこもりつつもの読みてをり灯火に寄りて

あつくなるひとがゐるから踏み込まぬ水行十日陸行一月

江戸雪の恋歌に言及せんとして茶をこぼしたりレジュメのうへに
ポイントとマイルいくばくかたまりつつ現金も預金も増えることなし
いただけるはずの鳥目《てうもく》を思ひつつ辛抱をすこしづつ緩める

火

地下空間あかあかとして開削部工区に降りてゆくひとのかげ

ウォッシュレット取り払はれし便座なりすとんと落つるごとく座りつ

苦労身につくといふこと身につきてひとをかたくなにするといふこと

共有したきことにあらねど洩らしたるいささか　徹底的に否まれつ

むらむらとしてぶちのめすべきことどもと言ひつつひとは苦しみにけむ

耳とほき講師にみたび質問をしつつ何を聞きたいのかわからなくなりぬ

死後のこと思ひつつ行く長旅の海沿ひの景色にも飽きたり

じぶんでするさびしさを知らぬわけでないと火の始末しながら言へり

田子の浦

煙突をいでておもむろに影をおびる排煙は朝のひかりのなかに

田子の浦にうちなびきつつゆるがざる蛇行のかたち　ひろがりながら

収束をせぬ計算を嘆きつつログの行間を電卓で追ふ

十二月五日の雪の分布図を作図してをり　ただうつくしく

重き雪降りたる朝にみまかりしひとを思へりふるき縁の

マルタとマリヤ――北摂キリシタン遺跡

「くほまりや」のとなり「せにはらまるた」墓碑　姉妹なるか否かは知らず

没年は慶長四年、十五年――禁教まではいまだ間のあり

墓のありしあたりなかぞら高速道路工事のために切りひらかれて

五倍子《ふし》つけて重き白膠木の枝さきを払ふにもあらずくぐりぬけたり

たたりおそれ守られてゐし櫃のうちに西班牙のひとの髭黒ぐろと

焼かれたる仏寺のことを控へ目に記して経塚に添へる解説

竹林の竹の落葉を踏んでゆく割れ竹のきしむ音を聞きつつ

姫島

阪神高速《はんかう》の高架の下をたどりゆきほどちかく旧河道をわたる

表情の見えぬ顔寄せて何か言ふこゑにならぬこゑに何か言ふこゑ

熱のこもる区画足早に過ぎるのみ炉の火は覗き窓に覗きぬ

高架橋の下の公園永遠に乾きたるままのやうなるつちの

うどん食ひてあたたまりゆくうつしみはどんぶりを両の掌にささげつつ

楊柳

楊柳のいまだみどりにならざるをまぶしみて朝の岸をたどれる

断面に灰まぶされて馬鈴薯は黒土の上《へ》にむきむきに座る

甘い汁吸うとるやつらと声にしてをさまらずなにか叩きつけたる

電話口に呼ばれて聞きぬちさき鳥のさへづるこゑは投資せよとぞ

おまへ刺客かと言はれしはかの夏の宵　誰の指示も受けざりしものを

喫煙コーナー廃止ののちの三年のいまだにそれとわかる一隅

かすかにも連《れん》柴《さい》柵《しがら》の残りゐる斜面《なだり》楊の芽にふれながら

柳の枝むすぶになんの意味もなしと言ひながらむすんでみせる

くらだに

青ふかき冬の朝の東京のあのあたり　droneか　消えたり

切通しのバイパスは今し翳りつつトラックの背の箱のみひかる

外典のひとつにありし不可思議を思ひつつくだる地下収蔵庫

電線がギャロップをする春の山雪いまだふかき春の稜線

春の日ざしほのかなるかなほろびるとたれもたれも言ひてほろびず

坂のうへに立ちて見まはす雨衣くろきおまへがかの日立つてゐたところ

くらだにに見出だされたる仔羊は羊飼の手をこばまざりしか

柵

土砂災害警戒区域の線をひく父母《ちちはは》の家の玄関あたり

末枯れたる竹煮草の根のあたりより竹煮草のびる今年の竹煮草

重電のとなり家電の工場のなにとなくあかるくて　ひるどき

孟宗竹が山を覆へる景色なども近世よりさかのぼることなし

母方祖父

小さき字に亡き子のことも記しをり名嘉山徳温戦中日記

柵のうちそとにわかれて咲く花のナガミヒナゲシは海越えて来し

音楽こそ慰藉といふひとの音楽をしばらく聴きてわれは立ちたり

「たとひわれ」は仮定法にしてひとたびも死の影の谷をゆきしことなし

うつくしき切手を貼りて返信用封筒に読みがたき達筆の宛名

台風の過ぎたる空の透明のこのゆふべ葛城、金剛を見す

泥のなか

靄ふかき夕べくろぐろと市ヶ谷の塔見ゆするどく瞬ける見ゆ

ＮＢＣまたＣＢＲＮＥといひて備へるゆゑにあらはるるにあらず

不発弾撤去のための一時間　七十年を待ちてゐたるか

おほかたは沼沢地また運河なりきやはらかき泥のなかにしづみき

砲の音とどろかぬ土曜の演習場本日は機銃のみと記さる

真鍮の板絵

書かんとしてこのたびもまた乾きゐる万年筆の万年阿呆

東下とは言はず上京とも言はず火曜日の夜の「のぞみ」にねむる

午まへに火を噴きし「のぞみ」は下り便　夜の上りに影響あらず

『青銅の基督』の、それは真鍮の二十枚にして現存十九枚

コンビニのおにぎりがまたすこし軽くなり海苔とごはんのすきまを食べる

あつたかい焙じ茶といふ缶入りの飲料をのむ焙じ茶の香の

池尻大橋てふ橋はあらざれど地下駅に思ふ脚ながき橋

いづれみな流される舟　凪の日は帆のかげに糸をたらして

塩分を控へるためにたらすさびしきレシピにも　慣れたり

彼女いまもあなたのこと好きよ――妻が言ふいたくしづかなこゑで

stainless vacuum bottle しやんしやんと鳴らして洗ひものを終へたり

荷

荷おろさねば新たなる荷は負ひ得ぬと言ひて集荷のトラックが来ず

旧居留地の石積みの壁をたどり西陽あかるき岸に出でたり

竜田揚げ定食は腹にもたれると言ひながら若者と昼をともにす

おほかたは指示のとほりといひながらこのたびもいふとほりにせざりき

見ることの見らるることの寒きかな驟雨来て夕空を暗くす

遣唐使船20円遣明船20円細線で描かれし船の帆にちからあり

記念切手の文字に時代のへだたりも見えて直線のくきやかな数字

拝跪するごときいくたりの文章はななめに読みてふたたび読まず

芝生ぬれてやはらかきかなちくちくとくすぐつたくて裸足であゆむ

銀木犀にあらず柊木犀と思ひしに柊の札をかけたり

それはもう死んだ荷なれど積んでおく底荷といふほどの役割もあらず

萵火

かすかなるみづのひかりのそのむかう起伏《おきふし》は見ゆ君津木更津

遠くまで見ゆる日はこころ疼くゆゑ日の暮るるまで窓には寄らず

二十歳の年の成人の日はレポートを書きつつ過ぎし窓ちかき机に

大人らしくあらむとさびしきことを言ふ大人になりきれぬゆゑに言ひあふ

わが生涯に煙草二箱　酒は飲むといへど言ふほどの量にもあらず

川むかうのマンション暗しベランダに蕈火ひとつともるしばらく

一九四五年九月十五日アントン・ヴェーベルン掌中のちさき火

2016年

緊箍児

ひとを喰つたはなしを笑ふ群衆のおほかたはすでに喰はれたるらし

抜け毛つまみくちに吹きたり吹かるるといふまもあらず浮力うしなふ

緊箍児さへなければと思ひゐしころの元気を懐かしいとも思はず

われはわがいちにんを生きるにあらざれば朝夕《あしたゆふべ》に顔をぬぐへり

ビルにビルのかげうつりをり午後四時半直帰することに決めたり

納品の首尾はいかにと言ふときの首寒し尾のおきどころなし

獣道封じむとするシステムのものかげにあれは何の眼《まなこ》ぞ

ゐさらひのひゆるここちにさんざめく女子高生のなかをぬけたり

猿のごとしといふ揶揄つねのことなれば腹に収めて腹が重たし

狗尾草《ゑのころ》の金狗児草《きんのゑのころ》ふるふると揺れゐるは風にあらず雀子

殷々と残暑の陽ざし横顔を焼かれつつ駅の裏にまはりぬ

柿を喰ふ猿はすなはちワルモノか柿の種嚙みつつ思ふしばらく

虚構だからそれは　と言はれしわが歌は紙のうへのインク縦に一列

どこの山猿が　と言ふうまづらに疲れ見ゆ馬車うまのまま生終はるべし

monkey ではなくて ape だといふこゑのまた彼奴ならむ言はせおかむか

来し方も行く末もあるはおそろしく泡だちて寄せる水を見てゐつ

ひとを喰ひものにしてゆくなりはひのこの草刈場の地味も痩せたり

老コミュニスト

コミュニストと名指しされしゆゑコミュニストになりたりと言ひ笑ひたまへり

構改左派のおもかげはあれどそれはそれ市民派候補の政見を閲す

宋朝体縦書きの名刺の似合ふひとと思ひていちまいをおしいただく

きんいろの屁糞葛の珠実にも手を触れて今年の秋を逝かしむ

暁闇のバスターミナルしらじらとひかりのなかに人のかげうごく

晩秋の雨がいくたびか濡らしたり平和通は落葉の匂ひす

胃のなかに胃薬がとけてゆくごときしばらくといへばしばらくのこと

名刺すべて他人の名前になりてありし夢さめて手のひらを開きぬ

そのかみの党指定図書のひとつ『折たく柴の記』を読み了へつ

あるいは――と恃みし友は政治理論サークルに今も学びゐるとぞ

視界内降水しづかに閃光は見ゆいくたびも国はほろびむ

デヴヌル

警告の山のなかから見出せるつまづきの石は根のふかき石

/dev/null に送ればただに静かなると思ひつつ聞く　2>&1 がよけむ

圧縮率ひくき圧縮アルゴリズム単純なればこのたびも使ふ

役に立たぬ機能加へて故障多き製品を売りし者らは滅べ

ごくらうさんと言ひて電源おとしたりGhost in the Machine《きかいのこころ》あるとおもへば

ヤガタアリグモ

ひとつのみ赤き蟻ゆくと見てをれば彼は蜘蛛にしてヤガタアリグモ

南島よりの荷とともに渡り幾世代かわがベランダのヤガタアリグモ

ざわわざわわとそよぐ畑が島を覆ひ世界経済に包摂されたり

海兵隊《マリーン》を蔑して笑ふ空軍の兵士らが出てゆきしのちの沈黙

右であれ左であれ己が祖国とぞ真顔で言ふひとにほほゑむ

榕樹《ガジュマル》はクワ科イチジク属にして咲くといふかんじにあらぬ花咲く

三十年ぶりにひもとく安良城史学の容赦なく余裕なくてあやふし

かの冬の日の

迷ひ箸するなと言はれ目で選ぶ子どもたち　背すぢのばして

枯れ藪を刈りはらはんと思ひつつ寒の戻りの過ぎるのを待つ

影ながき冬のまひるのいしみちをかたむきながら子がとんでくる

病院へ行かむとしつつ金あらねば子の御年玉を抜きて借りたり

帽子ふかくかぶりしひとはまひるまのほそき跨線橋を渡り来たりぬ

孝子峠

ところどころあらはに見えて苦しくも傾き深し和泉層群

冬枯れの谷のぼりつめ赤煉瓦のトンネルに入る小さきトンネル

孝子峠越えてあかるき曇りぞらレールの軋む音はひびきぬ

三つめのトンネルをぬけてひらかるる視野くろぐろと住金和歌山

ふりかへりみれば屛風のごときかな中央構造線のきりぎしの襞

射爆場跡地

夕ぐれの黒き林のそのむかう赫奕としてＬＮＧ基地の炎《フレア》

射爆場跡地のくらき松林石炭炉ふたつ原子炉は三つ　か

彼岸中日ゆらゆらとしてゆきかへるひとかげは生者のみにもあらず

四人死んだ煙突二人死んだ工場視野の隅に今日は通りすぎるのみ

死んだ一人は十七歳と伝へられ後報には二十歳《はたち》とありき　いづれぞ

龜と竈

野心とは野のこころなり夕ぞらのうつくしきまでを草のうへに寝て

泥のなかに芹摘むのみの一生と思ひつつおほかたは過ぎたり

根掘り葉掘りの葉はいかにして掘らむかと下枝《しづえ》ひき寄せてしごきぬ

オナガにはあらずオナガのこゑにあらずワカケホンセイインコの尾長し

われはわれのうしろすがたを見つつゆく昨日のわれのうしろすがたを

作者は作品よりも偉いか作品は作者に感謝せねばならぬか

害意なしと見せるコツなども身につけて鳥獣と狎れあふにもあらず

ぢぢいだまつてをれとのたまふその男もとほからずぢぢいのひとり

サバティカルとレイオフはどう違ふのか知らねど成果あれば嘉する

タイヤ痕ほのかにあるは砂のうへアスファルトのうへに砂湿りをり

轢き逃げの白い自動車《くるま》は塗膜片の螢光X線分析により特定されつ

ああここから湖面が見えてゐたのだと大津を過ぎて思ふしばらく

麦いまだ熟れきらぬころ湖岸《うみぎし》を離れて山間の現場に移りぬ

書き順を意識して書けば書くほどにまとまりつかず「龜」も「竈」も

グラウンド・ゼロ

小さき旗手に手に振るふなかにゐてこの星のひとにつひになり得ず

油絵具のにほひの春夜かすかなる雨は街灯のめぐりにけぶる

弔辞どれもなまぬるききかな目つむりて堪へてをれば悼むごとしも

生き得ざりしきみを思へばそののちを知らぬこと悲しむにもあらず

競技場跡地は大きな水たまり　グラウンド・ゼロと呼ぶべし

義仲寺

旧街道に離合しあぐむ自動車のつやつやとして互みをうつす

埋められし湖《うみ》のいかりを思ひつつ旧街道しばらくゆきてもどりぬ

昔はこのへんまで湖岸だった。

ししおどしこんと鳴りたりかげふかき庭に尿意をこらへつつあれば

翁堂修繕の人に案内《あない》され巨いなる棟瓦を見たり

線香の束を手向ける老人は句会会場の部屋に入りゆく

カメラ向ければしづみゆきたりこの池の亀はイシガメのやうな気がする

史実創作いろいろあれどちさき塚残れば寺を営みて守る

氷

氷食へば必ず風邪をひくことの今年も夏のはじめの氷

涓滴のごとしといへど炎天の砂地にそそぐみづといへども

日ざかりの木槿の花をまぶしみて見てをればトラックが来て陰つくる

ガビアルかクロコダイルかアリゲータかこだはりもなくワニの絵である

霜の降る街にしあれば木にならず植ゑ込みにひくきナガエコミカンソウ

ボールペンの好みを変へるにあらねども手帖には油性を使ふことにする

カニクサのしげみに鼻をさし入れてふりむきし顔はもういいと言ふ

水面

浮いてゐた死魚がふたたび沈みゆくまでの朝夕身の置きどころなし

錆び腐たれてゐる階段を踏みながら今朝もあやふく歩みださむとす

昨日まで道はたにありしちさき花マツバウンラン、ツタバウンラン

モネ「睡蓮」の何枚か

自然光ＬＥＤのあはあはと照らす二十世紀はじめの水面《みなも》

睡蓮の池ほのぼのと塗り残す四囲は記憶の余白のごとし

アルベール・マルケ「アルゼの港」は何枚かある。

一九四〇年のひるのうみ港に入りし船は何をはこぶか

戦争がひとりひとりを鍛へると書きしグラムシは従軍し得ざりき

戦争の是非にはあらずそののちの戦争と同じにもあらず

帰還する友がみな大きく見ゆる日に書きけむロシアのことに寄せつつ

くわりんの実いまだちひさしくもり日のあかるき若葉の庭をめぐれる

芝草をはだしに踏みてあなつめたよつめたよといふをみならのこゑ

敷石のかたくかみあひてならびをり職人の技ここにたしかに

底のない穴といふ比喩も身にしみて溶けかけたアスファルト踏みゆく

廉価版ＣＤに聴くグレゴリオ聖歌ボールペン置きて目をとづ

困窮のさまはフィクションなるべしと没落の途にあらざれば言ふ

散りぢりになりて老いづく知りびとのそれぞれの生のたのしくあらめ

なまぬるい杏仁豆腐が残りをり勿体ないと言ひて言ふのみ

覚悟なきひとびとのこゑ覚悟あるとみづからを言ふうす白きこゑ

そのかみの２円切手にすくと立つ犬は秋田犬雌でありしとぞ

きみは秋のわれは雑の部に採られたりあからさまなるものにあらねば

円環

いくたびか空路に越えし山脈をくぐりぬけ川に沿ひてくだりぬ

ゆりの花咲くなだり見ゆトンネルを出でてふたたび入るまでの間を

叱責はわれのこころにひびかねばわれみづからの反省をする

書いてゐるわたしの右手ボールペンをつかむ右手のかすかなしびれ

青空ともくもり空ともつかぬまま明るく暑くかげなきまひる

内海なれば防波堤のひくきこと夏靄のなかに対岸が見ゆ

長子没落ののちの次兄の専横にさからはずすこしづつ距離をとるべし

人類みな兄弟にして骨肉のあらそひといふも慣用句なり

まはりみちしてたしかめむとせしことはどうでもよきことであつたか

くまもなく晴れたる空を見上げつつ影ひとつのみともなふわれは

竜を封じてゐるのか育ててゐるのかわからねどたかだか百年のこと

まどかなる秋のいちにち老いびとの円環に入る語りさぶしも

2017年

伝来

風にそよぐセイバンモロコシ西蕃も唐土《もろこし》もどこか遠くの地名

高麗黍《かうらいきび》阿蘭陀大麦《うらんだふいん》なかんづく唐唐土《たうもろこし》のはるかなるかな

トスカナのシシリーコーン、シチリアではインディアンコーンと呼ぶとぞあはれ

さつまいも、からいも、りうきういもといひて伝来経路は単純にあらず

ジャガタラよりカンボジアより来しといふもおほかたは南米原産の種の

天候不順は大豆《まめ》馬鈴薯《いも》不足におよびつつまづは値段のことにとどまる

ひつぢ田のみどり　枯色の豆畑　くろぐろとひかるは電気の畑

長粒米工夫して食べし一九九三年の冬はたのしく

金眼銀眼

酔ふごときこゑに数学の美を説きし教師そののちの右翼政治家

同姓同名かさにあらざるか陶酔的授業思へば違和感のなし

町長選挙落選ののちの肩書の政治団体相談役とは何ぞ

ソ連ではなくてソ同盟がただしいと言ふ社会科教師高圧的なりき

まなかくんトロツキストねと言ひしひとよ　トロツキー本一冊もあらぬを

ソビエトの鎌と槌の図を描いてみよ略図でよいが左右違へずに

みぎへきがんひだりこんじきの眼をもてるはちわれねこよまさきくをあれ

白板

東堂太郎が白板に思ひめぐらすを中学生の息子は如何に読みけむ

くにつちが戦場になりしは他所のこと帰り来ぬ兵のことのみ言へり

端的に言へば遺族年金を払ひつづけることを責任といふか

晴れわたる秋の日を歩みつつ思ふ『デミアン』を書きしヘルマン

綺麗ごとでなきことは言つてはならぬこと汝が悪はひそかに善に用ゐよ

かきかぞふ

首都圏のＩＣカード運賃は端数がある。
高井田までは二四〇円にして高井戸までのいちまんよんせんとんでじふよゑん
タイマーに目覚めるラジオたうとつにこゑは気温ひくきを伝ふ

労働ののちの労働夜九時の名古屋すぎてなほ西にゆくべし

三・一は三・一一と違ふぞとゲラの赤を赤で消しママと添へたり

新内《しんない》節は敦賀新内の創始にて二代目消息不明四代目の子失踪

一月のツバメ冬越しのツバメらの八紘一宇の塔をめぐれる

そのかみの廃仏毀釈に逐はれたる阿吽の二体路傍に佇てり

かきかぞふふたつちちふさとほからずそとのせかいはあかるくならむ

花の木

花の木を求めて園をめぐりしがわが思ふ花の木は見当たらず
てのひらとてのひらをあはせゐるやうなつぼみてのひらをかへしてぞ咲く

床の間があるのは役職者の社宅だつた。

職階別社宅の間取り床の間があれば床の間に艦《ふね》をならべて

デミアンもクローマーもをらざれど藪かげの道を急ぎ帰りぬ

はこべ摘んで鶏小屋の鶏に与へつつそのまま過ぎる一生《ひとよ》と思つた

ひとに言へるこころざしにもあらざればみちばたの草を撮りつつゆかな

真顔と書きながら顔真卿のことを思ふ。

真顔にて世をば憂ふるごとき歌真顔のわれは付箋貼るのみ

ものごとをまげてのがれんとせしのちのかたむき　城がかたむく

新井白石

早咲きの桜が散って花冷えの白石《はくせき》デフレ柴を焚きつつ

信用がありて成りたつシステムの信用が崩れゆくはたちまち

荻原重秀

灰が降り遅霜が降《お》り書き残す間もあらず潰えし重秀リフレ

明日の午後会ふ人の名に検索しかかりし記事の二、三読みたり

へいわのいしずゑといふ言説のひとばしらのごときひびきをあやしむわれは

パルミラの暴虐もイコノクラスムも廃仏毀釈とさして変はらず

みとさぎ

みとさぎは青鷺にしてみなくちの水門《みと》にすなどる灰色の鳥

天沼矛したたりおちていまだなほかたまりきらず液状化もする

ふるき酒をあたらしき瓶に入れて売るごときなりはひ　のごときか

死にしひとの家死を待つひとの家路地の奥にたつ榎の老い木

テキストと人格は別といふやうななまぬるいかんがへにすがるな

神奈川沖浪裏をくぐる押送船にうち伏するごとき数日

いくたびか見し夢にして濁流のしぶきつめたくゐさらひを打つ

八木アンテナ

八木秀次の髭は山羊髭アンテナの向きかへながら言ひきそのたび

支線あまた張りかはしつつあるところむすびめの玉碍子光れる

浅き池のいしのうへなるクサガメが三稜の甲を乾かしてゐる

ははそはの母型彫刻機はベントン式　パンタグラフの原理とぞいふ

このへんにゐる黄金虫おほかたは青銅金《あをどうがね》にして腹に毛をもつ

瑠璃鐫花娘子蜂

花虻か蜂と思ひてゆるしたる葉蜂の子らに食ひあらさるる

瑠璃《るり》鐫花娘子《ちうれんじ》蜂の瑠璃色はほとんど黒にしてみどりの躑躅葉のうへ

吸つた息を吐くまでの間と言ひながらふかぶかとむねの底を下げたり

青あをと長刀茅はそよぎをり雑兵は雑兵と闘はしめよ

榎の葉食ひ飽きて蛹になりしとぞ蝶になるとは思はざりしとぞ

鋳鉄管

ダクタイル鋳鉄管の内径はわが背丈すこし頭があたる

うねりつつ隧道を出でて来しみづのうねうねとして水のにほひす

水の量一個、は毎秒一立方尺すなはち〇・〇二七八立米《りうべ》

島田道生《だうせい》の使ひし水準儀《レベル》鏡筒の長きが鈍く赤びかりする

琵琶湖疎水の水を引く庭

しづかなる借景の庭聞こゆるは動物園の鳥獣のこゑ

したしげにオランダミミナグサも示しつつみづぎはの草のいくつか残す

無鄰菴指定管理者植彌加藤造園のひとの笑顔よきかな

孤狼

東池袋中央公園の猫おほかたは目つきのわるし

緩慢な自爆　老後の備へなき人がひそかに入滅したり

事故物件ならば値安く借りられると掌をあはせながら言ひたり

俺も灯油かぶりたくなると年金を減らされた人が言ふ　このひとも

三匹の猿をはなちてあそばせるまひるの庭に犬のこゑひびく

無意識の自爆テロにてアクセルを踏むブレーキのつもりで踏み切る

Lone Wolf ですらない暴発を対岸に見て地下に降りゆく

女鳥羽川

松本市大手にありしジャズ喫茶は裏からの貰ひ火に焼けてしまひぬ

夜行「ちくま」待つ間の夜の珈琲はとうにさめてゐて口つけるのみ

安堵とは所領承認のことにして石川家二代早く過ぎにき

ものを言ふ百姓の首を槍の先にかかげてものを言はしめしとぞ

築きたる城ゆゑ改易されしとも外様いぢめにすぎずともいふ

翼切られし白鳥一羽常念《じやうねん》岳の映る水面《みなも》を乱しつつゆく

地元博物館なればあつさりと触れるのみ水野忠恒改易のこと

半睡

俺について来るなと言へばさめざめと朝《あした》の空の青のしたたり
いまここはたへがたけれどおもひかへすどこにももどりたいところなし

さざなみのしがの近江は東山道。　東海道みつぐりの伊賀から

べつたりと地面に腹をつけて寝る夏の夜の猫　よけてゆく

スーダンは遠しといへどスーダンのためにこのたびも呼びもどさるる

驟雨来て驟雨去りたり山かげにアルストロメリアの咲く荒れた庭

あらくさのしげる湿地のつづくばかり鰻の池はどこへいつたか

共に謀ることあらざれど共鳴は不随意にしてこらへがたしも

星蜂雀《ほしほうじやく》か大透翅かわからねど蜂のごとくにて蜂にはあらず

辺境の民を蔑して言ふひとよヨシフ・ヴィッサリオノヴィチを軽んじしひとよ

水を呑み水を吐きたりいのちとはたやすくとりおとすものなり

すいめんに動くものなし倒伏せし杜若におびただしく蝸牛

見そこなつたと思つて言に出さざるは萎縮といふのとはすこしちがつて

靄ふかき空をみおろす窓にありて今日いちにちの段取りをする

石段のすみにこごれる銀苔の雨後のみどりをよろこぶわれは

そのさきは終りとぞいふ口ぶりの甘美にてひとは思考放棄す

掛川は通過するのみ掛川に用のあらねばただ過ぎるのみ

ことば荒くひとをののしる亡きひとのこゑ思ひつつ言はず　香を炷く

徴兵のあらばレーニンを読んでゆけ百年まへのレーニンの書を

新富士も三島も半睡のままに過ぎかすかに「富士山」と聞いた気がする

第五輪荷重

第五輪荷重十一・五トンとぞ大回りして門《ゲート》いでゆく

なみだちてものをうつさぬすいめんのなみにふれずにゆくとりのかげ

おかめ笹ひくく繁れる植ゑ込みはひとをこばみてガラス壁聳《た》つ

草のかゆ豆のかゆ煮て寒中のからだの芯をあたためむとす

おほかたは偽薬《プラシーボ》なれど煎じ飲む湯のぬくとさは直接にして

香箱をつくりて寝落ちせしひとは足が痺れて立てぬとぞいふ

煮かへして不味き味噌汁をかこちゐし茂吉を思ひながら　チン

ストーヴで餅焼いてゐた日も遠くましして火鉢のくらしを知らず

金にかかはるなげきは言はず暗算をしつつしづかにしりぞかむとす

アスファルトにかためられたるさざれ石のこけむすまでのときのみじかさ

小暮政次五十三歳の日《にち》にちの苦き詠みぶりも親しきものぞ

上板橋の畑地に家が建ちゆくを詠みとどめたり夏の暑き日

溜飲を下ぐるがごときもの言ひのこのひとも信を置くにあたはず

死を悼むは因縁浅きひとばかりさざなみのまぶしくて目を閉づ

木から木に枝から枝にうつりゆく鴉よくろき襤褸《ぼろ》のわたしよ

つきかげのあるかなきかのあかるさをふりかへりみてなほゆかむかな

2018年

暗渠

暗渠から開渠にいでて暗渠なるところ夕映えの空の蝙蝠

言霊を信じるといふにあらねども　危機近づく　ことを詠はず

観音のまへにぬかづくひとと ゐてわれは衣の襞をたどれり

つややかなマルーン塗色の電車でんしや十三までをならんではしる

宿題か内職か知らず待ち時間あればひろげる選歌一束

一冊を購ふは一冊を捨てること捨てるために読むこの一冊も

べとべとになりたるゴムのグリップをかなしみにつつぬぐふいくたびも

加水分解防ぐ手だての理屈なども読みておほかたは役にたたざりき

描線

スクリーントーンも定規も使はざる描線が街をめざめさせたり

逢ひかたを考へてくれるひとのため時間をつくり逢ひにゆかむとす

お上手を言はず諫言も口にせず赤ペンをしづかに動かしてをり

ハナゴケ科コアカミゴケの群落は檜皮の屋根のなかばおほへり

ゆふばえの川土手のうへ自撮棒持つた女は暗くなるまで

薄氷

東池袋そのかみの西巣鴨かすかなる雨に濡れる碑《いしぶみ》

正月が明けてつめたい甃のうへ黒猫よおまへも生きてをつたか

寒き夜なれば木の根に身を寄せて前脚を尻尾のなかにつつめる

太平洋側は晴れるといふときのこの峪ぬけて雪雲が来る

落葉だまりに鼻ちかづけてをりたるがつまらなさうに踏み越えてゆく

薄氷を踏みて来しひと「ほーら大丈夫だつた」と言ひて明るし

十年先を見てゐる人が百年先を見てゐる人を嗤ふほどのこと

郭茂林の手がけしビルのひとつとぞ誰かれに言ふこともなけれど

ひかり

ひかりはかぜかぜはかがやき草のなかにうしなひしものそのままでよし

鼻と鼻くつつけあつて挨拶をすればかたみに獣も人もあらず

明石海人『白描』のなかの白き猫空に吸はれてゆきし白猫

良い風　と思つて目をとぢてゐるうちにみんなどこかに行つてしまつた

灰

木灰すなはち金属イオンにてこの発色はアルミニウムとぞ

一九九九年三月　三首

雪の日のトラックに積む本、ほん、ほんトラックをもう一台呼ぶ

大き荷を背負ひ子を抱き夜の町に求めたり遅き夕食

逃散か逃亡か知らず退却にあらず転戦といふにもあらず

苦

苦いから好きぢやないといふ若者に乾杯のビール強ふるにもあらず

渋

渋き茶を bitter とぞいふひとゝゐてわれの英語力はまづしき

甘

収穫ののちの熟成に甘くなる冬こそ旨き鳴門金時

海砂のミネラルを恃み海水の塩害を避けてはぐくみしとぞ

砂地畑に砂を入れつつ灌漑の水をひきつつ太らせし薯

New Kid in Town
F O《フェイドアウト》してゆく「Hotel California」　つぎの歌がすき　とひとは言ひたり

新参者ゆゑに褒められてゐるのだと気づかぬかそのそこの青年

おほかたはのろひのことばみみもとでほめそやすこゑはことさらにして

ずいぶんな遠回りしてたどりつきし　とおもふにすでに時世《ときよ》は移る

実社会《ライブ》なればフェイドアウトはままならず一身上の都合とも書きぬ

生國魂《いくたま》神社の池をおほへる金網を夜々ぬけいでて鯉の生霊

文芸も芸能のひとつ西鶴の「生玉万句」　芸は数なり

中之島

水面は淡き光をたたへつつ潮差すか差さぬかゆるく渦まく

欅、棟いまだ芽吹かず栄之助の公会堂はあかあかと見ゆ

おほかたは軽躁のひとの築きたる橋も建物も重き石づくり

毛馬のあたりで淀川を越える。

ウェイポイントＴＥＮＭＡをすぎて稍ややに高度を下げる一機また一機

すでに車輪下ろしつつあり両主脚六輪なればボーイング７７７

肥後橋は百米ほど東にありしとぞ古地図の向きをかへてかさねる

そのかみの摂津のくにのそこもここもみづ辺にてほそき舟がゆききす

つらなりて橋の下ゆく曳かれゆく艀も舵棒をあやつりながら

大鷭のみづかきは指の間にあらずみづかきのやうなみづかきにあらず

かんからからからかんかんからからからとまはりゐし穴掘機《アースオーガー》も昼なれば止む

渋谷区神南

放送局裏のひとところ植木屋のごとしいろいろな石も置かれて

鉢植ゑは小道具庭木は大道具庭の木も根を函にをさめて

東京都渋谷区神南ニュースセンターに働く友と会ふこともなし

神南《かんなみ》はいつよりかジンナンと呼ばれつついづれ大正以降のことなり

「おかあさんといっしょ」収録日

子どもさん通りますとぞ触れる声につづききらきらとながれゆきたり

いつ来ても迷路のごとし物理化学実験室の扉《と》の前を過ぐ

ここまでが練兵場か「ＮＨＫセンター前」交差点をわたる

微小気塊

隣席《となり》の爺立ちあがりざまに屁こきたりひそかなれどなれど屁の音

わがまへの微小気塊の拡散は秒刻ののち鼻腔《はな》を刺激す

メタンではなくて酪酸・硫化水素・スカトール　微量なれども鼻は感知す

大阪市消防局考案なる硫化水素除去装置材料費二、五〇〇円也

好気性環境におけるステンレス鋼をむしばむバクテリアども

げつぷがまんしてをれば屁をもよほせるわかりやすさよ人体は管
ガス発生装置となりはてしわが胃よりこぽんこぽんと噯気上がれる

鏡石

仏堂の本尊のうしろ押入のごときにおはす不動明王

三糎ほどずれてそのまま立ってゐる石灯籠よ二十三年

椿もう終りかと思ふにあたらしくひらくありかたくつぼみたるあり

石垣の石の隙間にねむりゐるでむしよ雨は来週を待つべし

西行が頭《づ》を剃りしてふ鏡石に鬚づらを寄せるといふこともせず

頭上注意

六月十八日

崩れたる本の山より『地の底の笑い話』が出でて来たりぬ

あれこれと現はるる書物ありたれど謎彦『御製』は行方の知れず

捨てる本捨てる本捨てる本大切のノートもこれを機に捨てる

経緯度は〇・一度の単位にて震源は九×十一キロのいづこか

安易なる批判強引なる擁護ひとのはなしを聞かぬひとたち

風雨強き一夜ののちにめくれたるブルーシートは直されぬまま

頭上注意　瓦が落ちてくるシート抑へてゐた土嚢が落ちる

伐採

ひとつはしらふたつはしらとかぞへ　つつじふさんぼんをつりおろしたり

はじめから死んでゐるやうに扱つて生産性が低いとぞいふ

毒もたぬ蛇であることは知れれども行き遭へば距離とりて見おくる

死ぬ気ならなんでもできると言はれつつ子らは炎天にのぼりゆきたり

心頭滅却云々といひて焼け死にし紹喜のことはのちの脚色

「ピーキーなエンジン」なればそのひとはひとりで仕事してもらふほかなし

カルロス・マリゲーラも書いてゐるとほり身だしなみには気をつけることだ

伐採ののちの明るさ——恣におひしげる葛を刈らねばならぬ

走錨

けふわれは走錨の船ずるずるとおまへの言ふことを聞いてる

勝たざれば負け――と思はず勝たざれど負けず百年のちを期すべし

歩くとも浮くとも見えてカルガモの二羽は小流れに身づくろひする

遊びすこし計算に入れて加工せしを不良品とぞ　動かんよそれ

田子浦港をいでたるばら積み貨物船《バルクキャリアー》は沖合ひにしばし錨おろせり

秋の伽藍

塔のうへのひとひらの雲の消えしのち見あげてゐたるひとがふりむく

水煙の天女の舞を肉眼で見ること難し模造品に見るのみ

情熱がなければつひに守り得ぬ木造建築も人の組織も

四十年まへはきんきらでありにしを塔も金堂もええかんじに褪せたり

ご本尊のうしろ雑巾とバケツありありサラダオイルは灯明に使ふか

散華さんげ　紙の花弁を拾ひあげあなたが描きし僧の後姿《うしろで》

踏切の警報音がかすかにも聞こえ白鳳伽藍をめぐる

鵞卵大になりたるといふを聞きしかど鵞鳥の卵に触れしことなし

剣のやうなものを背負へる鬼瓦に電線つづく　避雷針なり

鐺鉋に削られしあとのあたらしき円柱に触る人を待ちつつ

新薬師寺十二神将のそのひとりに逢ひにゆく妻を子らは怪しむ

謎すなはち言に迷ふといふことのそればかりにもあらぬくらがり

庭池の水面に目を出してゐる蛙らよ冬はそこまで来てゐる

雨あとのクズヒトヨタケの襞ひだを透かしてこの世の裏がはを見る

台風のときに寺鐘は鳴らざりしか戸板はばんばんと踊らざりしか

薄き戸板おろし台風に耐へしとぞ鴟尾は甍を守りたるとぞ

そこにある落葉がさつと詰め込んで植木屋のトラックが庭を出てゆく

みづたまり

とびこえるほどにもあらぬみづたまりきれぎれにそらをうつしてひかる

申しわけないがなにゆゑいきどほりゐるかわからず目を伏せて聞く

はさみかみいしならいしがさいごまでのこるとおもひにぎりしめたり

勝ち負けにこだはつてものを言ふひとを勝たせおきしが禍根のひとつ

われをしも悪鬼のやうに言ふひとよ言ひつのるひとのうしろ背の闇よ

朝の夢にありしことなど言ふべきにあらざれば言はずしろき息吐く

てのひらに包むわたしのてのひらで包む力はなけれども包む

もうわすれてくださいといふこゑなどもありありとみみのそこにのこれる

大風呂敷たたまぬままに飛ぶ鳥の明日はかの人も辞めてゆくとぞ

ゆるびたる寒の数日いしみちの湿りのうへに影を歩ましむ

翼端

小林《をばやし》に呼びあふ鳥のそれぞれは鋭《と》き叫びにて漣のごとし

高層階は窓けぶるのみおもひきり梅雨の雨の降るとしいへど

おのが世のいつまでならむ朝川を渡つてけふもはたらきにゆく

段丘崖ななめにのぼりゆくみちにかぶさるごとし住宅密集す

わが生地は父母の生地にあらず父母の生地は祖父母の生地にあらず

労働力の一単位として流れ出てゆく群のなかの若者ひとり

草の汁の苦いにほひをまとひつつ覆ひかぶさつてくるもの

そのかみの久米村《くにんだ》あたり中国風庭園にポンプが水をめぐらす

清国の軍艦が来ればその村をまづ焼き払ふべし　と言ひたり

アンテナのうへにうごかぬハシブトの風に吹かれて翼端がうごく

定遠《てぃんゆぇん》は沈み鎮遠《ちぇんゆぁん》はのがれたりのがれてのちを鹵獲されたり

沖待ちの船あまた見ゆあかときの湾のなかほどは航路を避けて

蘚、地衣類こもごもにして老木の幹をおほへりしらじらとおほふ

滅びよと思ふ者は沈黙せよ滅びてはならぬと思ふなら騒ぐな

あとがき

諸般の事情と言うほかはないが前回の『火光』を出してからずいぶん時間がかかってしまった。時事的な作品を世に問うようなことを考えるならば、すでに時機を逸してしまっているような作品も少なくないが、一人ひとりの時間は固有であり、社会の、つまり歴史的な時間にもさまざまなスケールがあるものだ、と思うことにして、ひとまず2018年までの作品をまとめることにした。これまでの歌集と同様に、そのあたりに実生活の区切りがあったからである。具体的には主な仕事場が東京であった時期の後半ということになり、その期間には何度も六花書林の宇田川氏にお世話になった。

タイトル『cineres』はラテン語で「灰」の意味である。『火光』のつぎが「灰」というと、燃え尽きたのかと言われそうだが、あるいはそういうこともあるかもしれない。本集の作品には何首も「灰」が出てくるが、その中の「木灰すなはち金属イオンにてこの発色はアルミニウムとぞ」は、縁あって染色家の堤木象氏のお話をお聞きしたときに目を開かれたことである。「灰」は最終的な状態であると同時に、原初の、基本的なものに分解されたものでもある。ひとつひとつの言葉が、媒染液のように作者と読者の間に作用して、何かを生み出すことができれば何よりのことである。

今回はじめて六花書林に一切をお願いすることにした。真田幸治氏の温かく渋い装幀を得て作品が第六歌集という形になるのは大きな喜びだ。多くの作品は「塔」その他の雑誌に発表したものである。発表機会を与えていただいた皆様、そして本書にかかわるさまざまな工程にかかわってくださった皆様にも御礼を申し上げる。

2023年3月5日

著者

cineres

塔21世紀叢書第426篇

2023年 6 月 8 日 初版発行

著　者——真 中 朋 久

発行者——宇田川寛之

発行所——六花書林
〒170-0005
東京都豊島区南大塚 3 - 24 - 10 マリノホームズ1A
電 話 03-5949-6307
FAX 03-6912-7595

発売———開発社
〒103-0023
東京都中央区日本橋本町 1 - 4 - 9 フォーラム日本橋 8 階
電 話 03-5205-0211
FAX 03-5205-2516

印刷———相良整版印刷

製本———仲佐製本

定価はカバーに表示してあります
ISBN978-4-910181-48-6 C0092